Annemarie Nikolaus: Tot

ANNEMARIE NIKOLAUS

TOT

– FATALE GESCHICHTEN –

INHALT

Die Abrechnung

Drei Fiat mit der gelben Flamme der *Guardia di Finanza* auf den Türen parkten an diesem Morgen vor seiner Bank. Direktor Michele Perini ärgerte es, dass sie direkt vor dem Portal standen und jeden Passanten unmissverständlich darauf hinwiesen, dass er die Finanzpolizei im Haus hatte.

Durch die gläserne Eingangstür hatte er die gesamte Schalterhalle im Blick: Vor seinem Büro lümmelten nur zwei uniformierte Polizisten herum; also saßen alle anderen schon im Konferenzraum und sichteten Akten.

An einem der Kassenschalter stand ein Kunde, dessen Name ihm entfallen war. Gegenüber an der Wand, das Gesicht hinter einer Zeitung verborgen, lehnte Fernando d'Alesi; er erkannte den Erben der alten Grafenfamilie an dessen Siegelring.

Michele wischte sich mit seinem Taschentuch über die Stirn. Dann legte er es entlang der Bügelfalten wieder zusammen und betrat die Bank.

Trotzdem er so vertieft gewirkt hatte, stürzte d'Alesi sofort auf ihn zu. »*Direttore*, ich warte schon seit einer Stunde. Ich muss Sie unbedingt sprechen.«

»Bitte, machen Sie sich doch nicht die Mühe, jeden Morgen persönlich zu kommen. Sobald die Akten freigegeben werden, setze ich mich mit Ihnen in Verbindung. Ich bedaure es außerordentlich, dass ich Sie hinhalten muss; das wissen Sie.« Er ließ ihn stehen und ging eilig zu seinem Büro.

Einer der Polizisten, die davor standen, fragte ihn: »Was will denn der junge Mann, der hier jeden Tag auf Sie wartet?«

»Geld. Was will man sonst von einer Bank?«

Mit einem Aufschrei erwachte Michele.

»*Oddio*, Michele, was träumst du nur wieder!« Seine Frau Carla schaltete seufzend ihre Nachttischlampe an. »Wenn das noch ein paar Nächte so weitergeht, schlafe ich lieber im Gästezimmer. Nicht nur, dass du wimmerst wie ein verlassenes Katzenbaby; jetzt schlägst du auch noch um dich.« Sie tastete unter der Bettdecke nach seiner Hand und drückte sie. »Wieder der gleiche Traum?«

»Sie kommt jede Nacht näher! Ich laufe und laufe, aber ich kann ihr nicht entkommen. Diesmal hatte sie schon ihre Arme nach mir ausgestreckt. Ich habe ihren Atem in meinem Nacken gespürt.« Er schüttelte sich. »Und dann, ein tiefer Abgrund – es gab keinen Ausweg. Entsetzlich! Nichts kann mich vor ihrem Zorn retten!« Er fuhr sich über die schweißnasse Stirn. »Vielleicht sollte ich nicht mehr so viel essen, wenn ich erst spät nach Hause komme.«

»Vielleicht solltest du nicht mehr so spät nach Hause kommen.«

»Ach Liebes, ich kann doch meine Leute nicht mit der Finanzpolizei alleine lassen. Das wäre nicht fair. Ein paar Tage noch; dann ist dieser Alptraum vorbei. Ich bin sicher, niemand aus der Bank war wissentlich an der Geldwäsche beteiligt.«

»Dann könntest du doch ruhig schlafen«, entgegnete sie. »Aber warum erscheint dir nie der Ermittlungsrichter im Traum; wieso wirst du von der alten Gräfin verfolgt?«

Darauf durfte er ihr nicht antworten; Michele starrte aus dem Fenster. Im Vollmond thronte Schloss Madruzzo als

Schattenriss auf dem Berg gegenüber. Der Anblick ließ ihn frösteln und er zog die Bettdecke bis zu den Augen hoch.

In der darauffolgenden Woche parkte Michele vor den beigen Mauern von Schloss Madruzzo. Schwer atmend stieg er die steile Porphyrtreppe zum ersten Stock hoch. D'Alesi hatte diese Etage zur Hälfte restauriert und mit Bad und Heizung ausgestattet. Der Rest des Schlosses war seit Langem unbewohnt.

Entlang der Treppe hingen die Bilder der adligen Vorfahren; düster wirkende Gemälde bis auf eines: Contessa Marcella de Eccher, Fernando d'Alesis Großmutter, war nicht nur wie alle anderen mit einem Aquarell vertreten, das sie als junges Mädchen zeigte. Daneben hing ein Porträtfoto, das vermutlich kurz vor ihrem Tod aufgenommen worden war. Es zeigte sie genauso, wie sie Michele in seinen Träumen erschien.

D'Alesi kam ihm aus dem Kaminzimmer entgegen. »Sie wirken erschöpft, *Direttore*. Danke, dass Sie sich die Mühe machen, so spät noch zu kommen.«

»Hier sind wir wenigstens ungestört und können die Dokumente in aller Ruhe sichten.« Er legte drei prall gefüllte Projektmappen auf den Eichentisch in der Mitte des Zimmers. Als er die Druckknöpfe öffnete, fielen sie von alleine halb auseinander. »Ihre verehrte Großmutter hat leider ein wenig Unordnung hinterlassen. Sie bestand einfach auf ihrem eigenen System. Ich habe mir daher erlaubt, die Akten vorab zu sortieren.«

»Wichtig ist ja nur, dass die Unterlagen vollständig sind. Alles andere wird sich finden.« D'Alesi griff nach einem Stapel schief zusammengefalteter Formulare.

Bis tief in die Nacht saßen sie über den Belegen für die umfangreichen Aktiengeschäfte, die die Gräfin in den letzten Jahren vor ihrem Tod getätigt hatte. Hin und wieder schauten sie einander verblüfft an, wenn sie auf eine besonders gelungene Spekulation gestoßen waren.

»Es ist wirklich faszinierend«, sagte Michele schließlich. »Man möchte meinen, Ihre Großmutter habe einen sechsten Sinn fürs Aktiengeschäft gehabt.«

»Aber was hat sie am Ende mit all dem Geld gemacht?«, fragte d'Alesi.

»In unserer Bank befindet es sich jedenfalls nicht.«

»Sie haben aber keine Belege dafür mitgebracht, dass ihr alles ausgezahlt worden ist.«

»Es gibt kein Konto in der Bank, auf dem die übriggebliebenen Aktiengewinne verbucht wären. Also ist das Geld auch nicht da.«

D'Alesi seufzte. »Wir brauchen das Geld so dringend. Bis zum Herbst müssen wir das Dach und den Turmflügel restaurieren; ein weiterer Sturmwinter und es fällt alles ein. – Jedenfalls, das kann nicht sein, *Direttore*. Es muss weitere Unterlagen geben. Das, was Sie hier mitgebracht haben, kann nicht vollständig sein.«

»Damit haben Sie sicher recht.« Michele ließ seinen Blick an dem dunklen Regal hängen bleiben, das in einer Zimmerecke stand. »Aber Sie wissen doch selbst, dass die Finanzpolizei in den letzten Wochen jedes Stück Papier in der Bank dreimal umgedreht hat. Wenn bei uns weitere Unterlagen existierten, wären sie gefunden worden. Und dann wüsste ich davon.«

»Aber nicht doch. Man findet nichts, wonach man nicht sucht!«

Michele nickte zweimal und starrte weiter das Regal an. »Haben sie denn hier schon überall gesucht?« Er wusste, dass seine Frage überflüssig war, und lächelte, als d'Alesi schwieg. In den nächsten Tagen würde er beschäftigt sein und nicht in der Bank auftauchen.

Als er später das Schloss verließ, stellte er fest, dass das Foto der toten Gräfin gerade so hing, dass ihr Blick ihn verfolgte, während er die Treppen hinabstieg. Als er am Portal anlangte, stand ihm kalter Schweiß auf der Stirn. Er zog sein Taschentuch hervor, faltete es mit zitternden Händen auseinander und wischte sich über die Stirn. Es gelang ihm nicht, es wieder zu falten. Da knüllte er es zusammen, steckte es in die Hosentasche und öffnete ächzend das schwere Portal.

Am nächsten Morgen fand Carla ihn tot in seinem Bett.

»Herzschlag«, stellte der Hausarzt fest und schüttelte den Kopf. »Dabei war er doch kerngesund!«

Als Carla nach der Beerdigung Micheles Schreibtisch zu Hause ausräumte, stieß sie auf einen schmalen Aktendeckel mit der Aufschrift »Marcella de Eccher« ...

ENDE

Die Kette

»Wenn ich dich nur immer so in meinen Armen halten könnte!« Robert vergrub sein Gesicht in Sonjas langen Haaren. »Ich würde alles dafür geben«, flüsterte er in ihrem Nacken.

Sonja lächelte sein Spiegelbild an. »Sie ist wunderschön.« Sie strich mit den Fingern über die Perlenkette, die Robert ihr gerade um den Hals gelegt hatte.

Dann löste sie sich sanft von ihm. »Sei doch kein Dummkopf! Wenn du dich scheiden ließest, wärest du auch die Fabrik los. – Es macht mir wirklich nichts aus, nur deine Geliebte zu sein.” Sie drehte sich um und gab ihm einen Kuss. »Und nun habe ich mit deiner Hilfe endlich die Stelle als Asien-Repräsentantin bekommen! Jetzt können wir ganze Tage miteinander verbringen.« Sie küsste ihn noch einmal. »Deine Frau wird nie dahinter kommen, warum du plötzlich dauernd nach Singapur fliegst.«

»Das glaubst du! Sie kontrolliert mich doch ständig. Elena denkt seit langem, dass ich sie nur wegen ihres Geldes geheiratet habe!«

»Da hat sie wohl nicht ganz unrecht!«

»Das ist nicht wahr!« Robert protestierte heftig. »Ich habe sie schon immer gern gehabt. Schon im Kindergarten. Für mich hat sie sich sogar mit ihren großen Brüdern gehauen. Sie hat mich vor allem beschützt. Wie sollte ich sie da nicht gern haben?« Er zog Sonja erneut an sich und lächelte. »Aber dich liebe ich richtig. Für dich würde ich alles hergeben.«

Sonja schnitt eine Grimasse. »Du wiederholst dich, Liebling. Komm, lass uns ein Glas auf meinen Geburtstag trinken und dann werf' ich dich raus. Du musst mit deiner Frau ins Konzert.«

Nachdem Robert gegangen war, griff Sonja aufatmend zum Telefon. »Ich bin's.« Ihre Finger spielten mit der Perlenkette, während sie zuhörte. »Nein«, sagte sie dann, »er war wie so oft in Eile. Aber er sprach wieder davon, dass er immer mit mir zusammensein möchte.«

Sie runzelte die Stirn während der Erwiderung am anderen Ende der Leitung. »Nein«, beendete sie das Gespräch, »ich glaube auch nicht, dass er sich tatsächlich scheiden lässt.«

Elena wartete vor dem Eingang des Schauspielhauses. Sie hatte den Schalkragen ihres lila Kunstpelzes hochgeschlagen und wärmte sich die Hände unter den Achseln. »Wo warst du so lange?«, fauchte sie, als Robert auf sie zu eilte. »Ich habe schon dreimal im Büro angerufen!«

»Entschuldige; kaum fallen drei Krümel Schnee, können diese Deppen nicht mehr Auto fahren. Ich vergess' das jedes Mal.«

»Nicht nur das! Anscheinend hast du auch vergessen, die Perlenkette abzuholen, die du bestellt hattest.«

»Was?« Robert starrte sie mit vor Schock geweiteten Augen an.

»Ich war gestern beim Juwelier und da fragte er mich, was denn nun damit sei. Er warte schon seit einer Woche darauf, dass du sie abholst.«

Robert fluchte lauthals. »Dieser Blödmann; jetzt hat er alles verpatzt!«

Elena biss sich auf die Lippen. »Was soll das heißen? Du weißt genau, dass ich Perlen verabscheue. Wolltest du mir auf diese überaus zartfühlende Weise beibringen, dass ich mittlerweile eine alte Schachtel bin?«

»Aber Elena!«, empörte sich Robert. »Dann eben keine Kette. Aber musst du ständig streiten?«

»Nun, wenn du schon mein Geld ausgibst, dann bitte sinnvoll!«

Sonja saß mit geschlossenen Augen auf der Parkbank und hielt ihr Gesicht in die Frühlingssonne. Schritte knirschten auf dem Kies hinter ihr. Sie wandte sich um und lächelte Robert an. »Wie schön, dass du dich doch noch loseisen konntest. Ich hatte das Warten fast aufgegeben. In einer Stunde geht mein Flugzeug.«

»Du bist doch bloß einen Tag im Lande! Da muss ich doch Zeit für dich haben. So lange habe ich darauf gewartet, dich wiederzusehen. Deine Idee mit dem Job in Singapur hat uns überhaupt nichts genutzt – ganz im Gegenteil!«

»Ach Robert, nun maul doch nicht! Freu dich lieber, dass ich jetzt hier bin. Und freu dich mit mir, dass ich in Singapur so viel Erfolg habe. Keiner kann sich über deine Empfehlung beschweren.«

»Natürlich freu ich mich für deine Karriere.« Robert setzte sich neben sie und legte den Arm um ihre Schultern. »Du bist großartig, mein Schatz. Ich wusste immer, dass du tüchtig bist. Du brauchtest nur ein Sprungbrett; jetzt hast du es allen bewiesen. Aber habe ich nicht trotzdem eine Belohnung verdient?«

»Für das Sprungbrett, das du mir verschafft hast?« Sie küsste ihn flüchtig auf die Wange. »Ich hab dich lieb, reicht dir das nicht? Und ich denke an dich, auch wenn ich weit weg bin. Deine Perlen erinnern mich jeden Tag an dich.«

Robert knurrte frustriert. »Nein, das reicht mir nicht. Das reicht mir ganz und gar nicht. Geh nicht nach Singapur zurück. Ich will dich ganz für mich haben! Ich werde einen Weg finden.«

Sonja runzelte die Stirn und schaute ihn mit großen Augen an. Sie setzte zu einer Antwort an, aber Robert schloss ihr den Mund mit einem langen Kuss.

Sonja saß an ihrem Schreibtisch in Singapur und blickte in die Dämmerung. Der Wind verwirbelte das Herbstlaub; nach und nach erhellte sich die Straße in der Lichterflut der Leuchtreklamen.

Eines der Telefone klingelte. Als sie die Nummer des Anrufers sah, ging ein Strahlen über ihr Gesicht.

»Ich bin gleich fertig«, antwortete sie. »Wir sehen uns in einer halben Stunde bei Wu-Cheng. Ich freu' mich.«

Sie zog gerade ihren Mantel an; da öffnete sich die Bürotür hinter ihr. Robert stand im Türrahmen und strahlte sie an.»Na, mein Engel? Ist mir die Überraschung gelungen?«

Sonja holte tief Luft. »Allerdings! – Was machst du denn auf einmal in Singapur?«

»Elena hatte gestern einen Unfall. Sie ist tot!«

»Wa-was?«, brachte sie heraus.

Robert nahm ihre Hände und küsste einen Finger nach dem anderen. »Elena ist tot«, wiederholte er. »Damit sind alle Probleme aus der Welt.«

»Was willst du damit sagen?« Stirnrunzelnd entzog sie ihm ihre Hände.

»Jetzt steht nichts und niemand mehr zwischen uns.« Er hob sie hoch und wirbelte sie überschwänglich herum. »Ich bring' dich nach Hause. Wir fliegen gleich heute Abend zurück.«

»Heh, lass mich runter«, protestierte Sonja.

Als sie wieder auf ihren Füßen stand, sah sie ihn ernst an.

»Ich kann doch nicht von einer Minute zur anderen alles stehen und liegen lassen. Das kann ich einfach nicht machen!«

»Wie fleißig du doch bist«, antwortete er mit einem Zwinkern. »Mach dir keine Gedanken; das regle ich schon.«

»Nein! Ich habe gleich einen Termin. Den kann ich jetzt nicht mehr absagen.«

Er starrte sie an.

Sonja wandte sich an ihm vorbei dem Korridor zu. »Stornier den Flug. Wir reden dann morgen früh über alles.«

Robert ergriff ihren Arm. »Sonja, bitte. Warte!«

»Ich habe jetzt wirklich keine Zeit!« Sie riss sich los und trat ins Treppenhaus.

»So warte doch!« Robert eilte ihr nach. »Dann kommst du halt zu spät. Davon geht die Welt nicht unter. Du kannst mich doch nicht einfach so stehen lassen.«

Er hielt sie erneut fest. Sonja stieß ihn heftig zurück.

Robert stolperte. Halt suchend griff er nach ihr; er erwischte die Perlenkette an ihrem Hals. Sie zerriss mit einem leisen Geräusch.

Robert verlor endgültig das Gleichgewicht und stürzte mit einem Aufschrei die Treppe hinab.

ENDE

Der Bankier des Papstes

17. Juni 1982:

Wie gut, dass die Londoner Abende auch kurz vor Sommerbeginn noch unwirtlich kalt waren. So schien es eine natürliche Geste, dass der Mann den Mantelkragen hochschlug, bevor er seine Absteige verließ; den Hut zog er tief in die Stirn.

Er lief eine Stunde kreuz und quer durch die Straßen und kehrte unterwegs in zwei Pubs ein. In jedem trank er gemächlich ein Bier, während er unverwandt aus dem Fenster schaute und die Menschen auf der Straße beobachtete. Als er schließlich sein Ziel erreichte, war er überzeugt, dass ihm niemand gefolgt war.

Er zögerte einen Augenblick vor der eleganten Residenz, bevor er die Hand zur Klingel ausstreckte. Aber er hatte keine Wahl.

Als die Tür aufging, sah ihm im spärlichen Flurlicht ein junger Mann entgegen. »Kommen Sie, der Monsignore erwartet Sie schon.«

Der Mann zuckte zusammen; er hatte nicht erwartet, hier auf Italienisch angesprochen zu werden. Misstrauisch musterte er den Unbekannten.

»Kommen Sie«, sagte der Fremde noch einmal und lud ihn mit einer Handbewegung ins Haus.

Zögernd betrat der Mann die kleine Bibliothek, in der sein Gastgeber mit einem Glas Wein in der Hand einen alten Folianten studierte.

»Signore, Sie ließen mir sagen, diesmal müssten wir Ihnen helfen. Was kann ich also für Sie tun?«

»Monsignore, ich brauche bis Ende des Monats dreihunderttausend – wenigstens.«

»Dreihunderttausend was?« Der alte Priester lächelte spöttisch. »Lire doch sicher nicht.«

Dem Mann wurde es heiß in seinem Mantel. Das fing nicht gut an. »Dollar natürlich«, stieß er hervor. »Heute Nachmittag hat man mich als Präsident der *Banco Ambrosiano* abgesetzt. Ich habe keinen Zugriff mehr auf die Konten. Aber Pippo Calò will sein Geld wiederhaben.«

»Wirklich? Wir glaubten, er unterstütze unsere guten Werke, um sich die Vergebung seiner Sünden zu erkaufen.«

Der unverhohlene Spott ließ den entmachteten Bankier frösteln. *Cosa Nostra* bedrohte seine Familie und dieser Pfaffe lachte ihn praktisch aus. Er nahm sich zusammen. »Nur die Loge weiß, dass die Geldwäsche über das ‚Institut für die Werke der Religion‘ stattgefunden hat. Calò glaubt, sein Geld gut angelegt zu haben.«

»Nun, damit hat er sein Geld doch gut angelegt. Wenn Somoza den Aufstand niedergeschlagen hätte, hätte er in Mittelamerika schon jetzt freie Bahn. So muss er eben noch ein wenig warten. Jede Geldanlage birgt gewisse Unwägbarkeiten.«

»Sehr geistreich«, entfuhr es dem Bankier. »Die Ehrenwerte Gesellschaft weiß, dass unser gesamtes Finanzierungssystem zusammengebrochen ist. Es ist denen egal, wo ich nun das Geld hernehme – und mir auch! Sie sind meine letzte Chance.«

Der Priester legte den Folianten zur Seite und kam langsam auf den Bankier zu. »Wollen Sie mich erpressen?«

»Nein Monsignore, keineswegs. Ich gebe nur zu bedenken, dass ich keine andere Wahl mehr habe.« Der Bankier bemühte sich, verbindlich zu bleiben. »Es täte mir aufrichtig leid, wenn Sie in Schwierigkeiten kämen.«

»Dazu gibt es keinen Anlass!«

»Nun ...« Der Bankier bedachte sorgfältig jedes einzelne Wort. »Möglicherweise würde es einige Probleme geben, wenn der Eindruck entstünde, dass der Vatikan bis heute die Contra in Nicaragua finanziert. Und sicherlich hat zwar jeder Verständnis dafür, dass dem Papst sein Polen besonders am Herzen liegt; aber genauso sicher dürfte mancher die Unterstützung für Solidarność als Einmischung in die inneren Angelegenheiten betrachten.«

»Der Vatikan unterstützt die Kirchen aller armen Länder.«

»Doch nicht immer kommt das Geld in den Kassen der Gemeinden an. – Aber vielleicht findet Ihr Botschafter morgen dieses Thema reizvoller als Sie selber.«

»Warum sollten den tschechischen Botschafter Solidarność oder die Contra interessieren?«

Sie maßen sich mit ihren Blicken.

Beide kannten die Antwort ganz genau: Noch weniger als die Konterrevolution im fernen Mittelamerika konnte die tschechoslowakische Regierung eine unabhängige Gewerkschaft im Nachbarland dulden. Aber keiner sagte ein Wort. Minutenlang war das Knistern des Kaminfeuers das einzige Geräusch.

Dann nickte der Priester. Unwillkürlich atmete der Bankier auf. Er hatte gewonnen.

»Signore, Sie haben doch sicher einige interessante Unterlagen für uns.«

»Ich habe sie im Hotel gelassen. Sie sind ihren Preis wert.«

»Gewiss.« Sein Gastgeber lächelte und deutete zum Ecktisch. »Signore, Sie trinken doch noch einen Wein mit mir, bevor Sie gehen? Mein Faktotum wird Sie anschließend nach Hause begleiten. Morgen früh werden wir uns dann um die notwendigen Transaktionen kümmern.« Er wandte sich zur Tür. »Carboni, bring für den Signore ein Glas.«

Am nächsten Morgen fand ein Postbote den Bankier erhängt unter der Blackfriars-Brücke.

Der tote Bankier hat einen Namen: Roberto Calvi. – Diese Kurzgeschichte ist eine wilde Spekulation, was seinem Tod vorausgegangen sein könnte.

***

Elf Jahre später verurteilte ein römisches Gericht den tschechoslowakischen Bischof Pavel Hnilica sowie Flavio Carboni wegen Unterschlagung der Aktentasche Calvis zu mehrjährigen Haftstrafen. Es brauchte sieben Jahre, bis der Bischof in einem Berufungsverfahren freigesprochen wurde, weil er sich guten Glaubens mit Carboni eingelassen habe. Carboni, der in viele Affären jener Zeit verwickelt war, hingegen nicht.

Im Mai 2002 wird schließlich gerichtlich festgestellt, dass Calvis Tod Mord war.

Aber wer war der Täter?

Noch kein ENDE?

***

Wenn Ihnen diese Kurzgeschichten gefallen haben, empfehlen Sie sie bitte weiter. Ihre Empfehlungen helfen anderen, lesenswerte Bücher zu finden.

Über die Autorin:

Annemarie Nikolaus, gebürtige Hessin, hat zwanzig Jahre in Norditalien gelebt. 2010 ist sie mit ihrer Tochter in die Auvergne in Frankreich gezogen.

Anfang 2001 hat sie sich dem literarischen Schreiben zugewandt. Mit besonderer Vorliebe schreibt sie historische und phantastische Romane.

2005 ist ein erster Roman erschienen; Mitterweile veröffentlicht sie nur noch verlagsunabhängig. Qindie-Autorin. Seit Anfang 2016 werden ihre Bücher auch in andere Sprachen übersetzt.

Sie hat Psychologie, Publizistik, Politik und Geschichte studiert und war u.a. als Psychotherapeutin, Politikberaterin, Journalistin, Lektorin und Übersetzerin tätig.

Folgem Sie ihr auf Patreon:
www.patreon.com/AnnemarieNikolaus

Die Biografie im Wikipedia: http://bit.ly/r0mwoC

Wenn Sie ihren Newsletter abonnieren, erhalten sie exklusiv Lesestoff zu »Freundschaftspreisen« oder kostenlos. http://eepurl.com/Ub86b

Facebook: http://on.fb.me/JLAN6J
Blog: http://annes-werke.blogspot.fr/
Twitter: http://twitter.com/AnneNikolaus

Veröffentlichungen

Romane und Erzählungen:

Königliche Republik. Historischer Roman. ISBN 9782902412471

Bitterer Wein. Reihe »Médoc«. Kriminalroman. ISBN 9782493398017

Haus zu verkaufen. Familiendrama. ISBN 9782902412983

Magische Geschichten. Kurzgeschichten für Kinder. ISBN 9782902412488

Die Piratin. Fantasy-Roman. Reihe *»Drachenwelt«*. ISBN 9782902412495

Das Feuerpferd. Fantasy-Roman. ISBN 9782902412501

Die Enkelin. Liebesroman. Reihe *»Quick, quick, slow – Tanzclub Lietzensee«*. ISBN 9782902412518

Flirt mit einem Star. Liebesroman. Reihe *»Quick, quick, slow – Tanzclub Lietzensee«*. ISBN 9782902412532

Zurück aufs Parkett. Eheroman. Reihe *»Quick, quick, slow – Tanzclub Lietzensee«*. ISBN 9782902412525

Verjährt. Historische Krimi-Kurzgeschichten. ISBN 978-9782902412549

Ustica. Ein Mini-Thriller. ISBN 9782902412556 TB mit Gutschein für das E-Book.

Tot. Krimi-Kurzgeschichten. ISBN 9782902412587

Leuchtende Hoffnung – Adventskalender. Bebilderter Science Fiction-Roman. ISBN 9782902412563

Sachbücher:

Aquitanien: Das Ende eines Krieges. Reihe »*Am Rande des Weges ...*« ISBN 9782902412570

Suche Reisebegleitung. Reihe »Fliegende Blätter« ISBN 9781499608427.

Junge Welten. Reihe »*Fliegende Blätter*« ISBN 978500971991

Alle Bücher gibt es auch als E-Book.